Si j'étais un Dinosaure

Écrit et illustré par Kelly Ann Charleson

Traduit par Evelyne White

Ceci est une œuvre de fiction. Les noms, les personnages, les lieux et les incidents sont le produit de l'imagination de l'auteur ou sont utilisés de manière fictive. Toute ressemblance avec des personnes réelles, vivantes ou décédées, des événements ou des lieux est tout à fait coincidental.

Pour plus d'informations, contactez:
kellyanncharleson@outlook.com.

Première édition de poche octobre 2018 (anglais)
Première édition reliée septembre 2019 (anglais)
Première édition de poche juillet 2020 (français)
Première édition à couverture rigide
juillet 2020 (français)

Pour Colinka,
qui a une imagination
inestimable.

Si j'étais un dinosaure, je serais si grand que je pourrais voir au-dessus des arbres, et je ne pourrais plus rentrer dans ma maison.

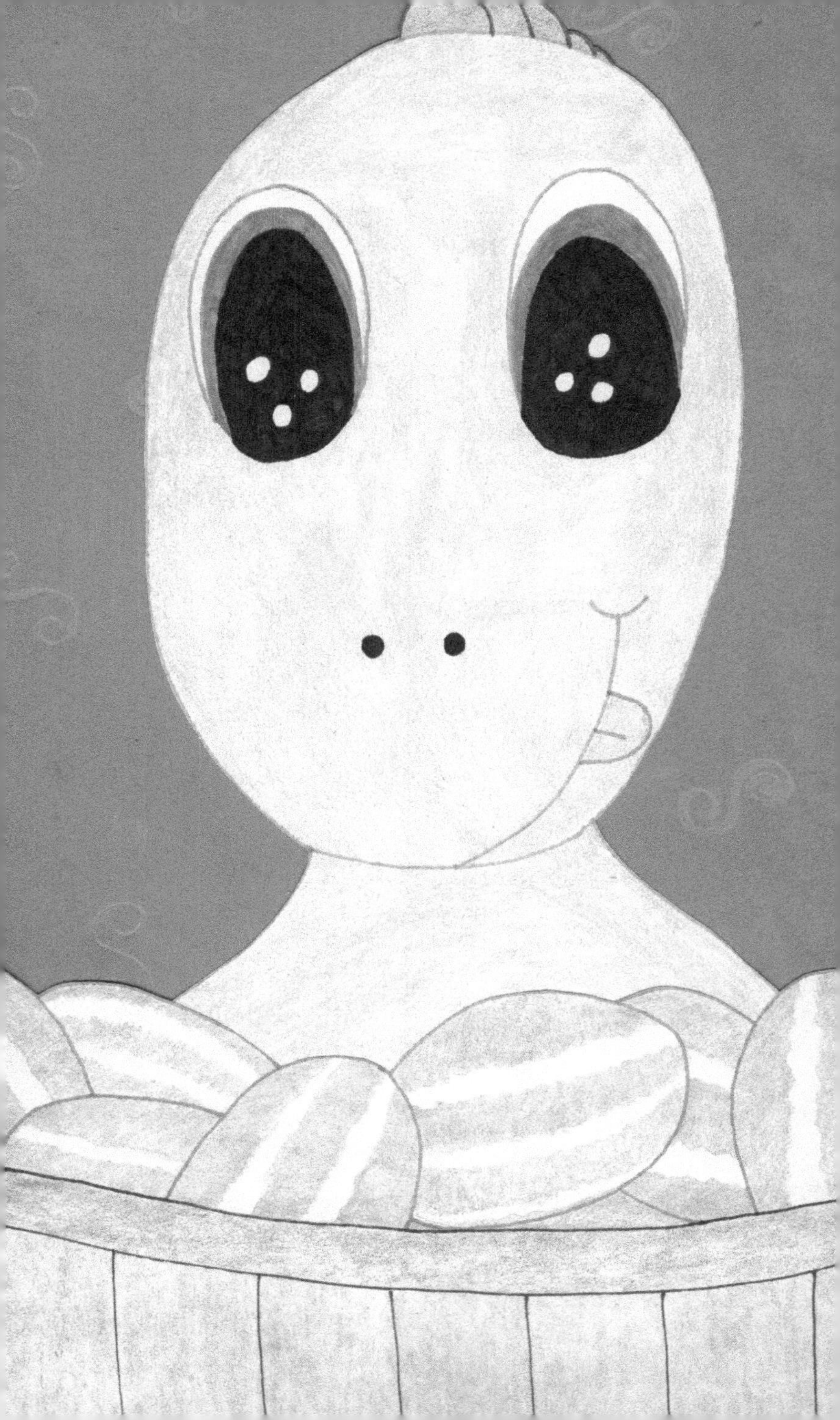

Si j'étais un dinosaure,
je n'aurais plus à
manger des pastèques
en tranches
salissantes, je pourrais
simplement les avaler
en entiers.

Si j'étais un dinosaure, la rivière serait ma baignoire et la pluie serait ma douche.

Si j'étais un dinosaure,
j'utiliserais mes dents
acérées pour effrayer
les dinosaures
méchants et pour
manger chaque
pomme du monde.

Si j'étais un dinosaure, j'emmènerais ma couverture sur le bord d'une grande rivière et je dormirais sur le sable, sous les belles étoiles.

Si j'étais un dinosaure,
je jouerais au soccer
avec un ballon
gonflable géant et je
courrais aussi vite
qu'un guépard.

Si j'étais un dinosaure,
je deviendrais ami
avec toutes les
petites créatures et
les protégerais.

Si j'étais un dinosaure, je te demanderais de me chanter une berceuse pour m'endormir, afin que je puisse faire de beaux rêves.

A propos de l'auteur

Kelly Ann Charleson vit à Ottawa, où elle passe ses journées avec quatre enfants chéris qui alimentent constamment son imagination et inspirent ses livres à venir.

Elle espère que les enfants liront ses livres et penseront "hé, je pourrais faire ça aussi!"

Lightning Source UK Ltd.
Milton Keynes UK
UKHW051224040921
389719UK00007B/33